DIVIÉRTETE

cocinando

¡Más de 30 recetas!

susaeta

Sumario

Bombones

ingredientes

1 tableta de chocolate para fundir

2 cucharadas de maíz tostado e hinchado

1 cucharada de mantequilla

¡cuidado!

Cuando haya que calentar algo en un cazo, debes estar con una persona mayor.

1. Engrasa con mantequilla una bandeja de horno.

2. Funde el chocolate al baño maría.

3. Añade la mantequilla y el maíz tostado e hinchado.

4. Forma montoncitos sobre la bandeja del horno.

5. En cuanto se sequen, despégalos con una espátula.

6. Colócalos sobre papel en una fuente.

Tronco nevado

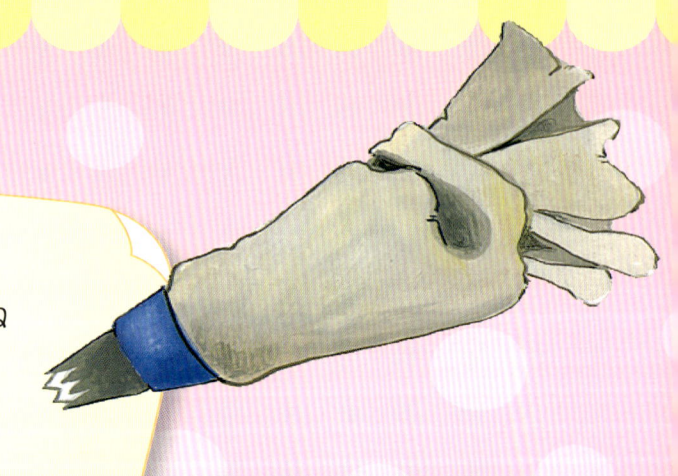

ingredientes

1 paquete de galletas maría
200 g de mantequilla
200 g de coco rallado
200 g de azúcar
1/2 l de leche

1. Llena un plato hondo con leche.

2. Baña las galletas en la leche y, cuando estén empapadas, déjalas en otro plato.

3. Aparte, haz una crema con la mantequilla, el coco rallado y el azúcar, y trabájala con una cuchara.

4. Con la crema unta una galleta y después únela a otra untada también.

5. Cuando tengas unas cuantas tumbadas en una fuente, cúbrelas con crema.

6. Haz un corte en cada extremo. Adórnalo con frutas escarchadas.

Mousse de limón

ingredientes

1 yogur natural
3 limones
1 bote de leche evaporada
5 cucharadas de azúcar

1. Exprime los limones.

2. Bate a la velocidad máxima, en el vaso de la batidora, el yogur, el zumo de los limones y el azúcar durante cinco minutos.

3. Añade la leche evaporada y sigue batiendo hasta que se cuaje.

4. A continuación, echa el batido que acabas de hacer en un cuenco de cristal.

5. Puedes presentar la mousse en el cuenco o en copas de diversos tamaños. Para adornar, puedes utilizar rodajas de limón muy finas.

6. Si utilizas el cuenco, puedes espolvorear encima de la mousse un poquito de canela en polvo, procurando que quede bien repartida.

Crema de chocolate

ingredientes

5 huevos
150 g de chocolate para fundir
150 g de mantequilla
150 g de azúcar

¡cuidado con el fuego!
Cuando haya que calentar algo, debes estar con un adulto.

1. Rompe los huevos, pasa la yema de una cáscara a otra y la clara irá cayendo.

2. Reserva las yemas en otro recipiente. Derrite el chocolate, cortado en trocitos, al baño maría.

3. Aparta el cazo del fuego y agrega la mantequilla y el azúcar. Remueve con la cuchara.

4. Una vez bien mezclado. añade las yemas de huevo y vuelve a batir.

5. Bate las claras hasta que estén a punto de nieve. Añade las claras batidas al chocolate y mezcla todo.

6. Distribuye la crema de chocolate en copas. Métalas en el frigorífico. Puedes adornar las copas con lo que más te guste.

Bocaditos de nata

ingredientes
1/4 l de agua
5 huevos
150 g de harina
200 g de mantequilla
2 g de sal
nata montada para rellenar
azúcar glas

¡Cuidado!
Al calentar algo en un cazo, debes estar con un adulto.

¡Cuidado con el horno!

1. Pon el agua, la mantequilla y la sal en un cazo. Cuando hierva, apártalo. Añade de una vez la harina y remueve con fuerza hasta formar una bola.

2. Enciende el horno a temperatura moderada. (Horno eléctrico, número 7; horno de gas, sin llegar al máximo).

3. Cuando esté fría la masa, añade los huevos de uno en uno; no eches el siguiente hasta que el anterior no esté bien mezclado.

4. Unta con mantequilla una fuente de horno. Coloca la pasta en una manga pastelera y haz pequeños montoncitos separados unos de otros.

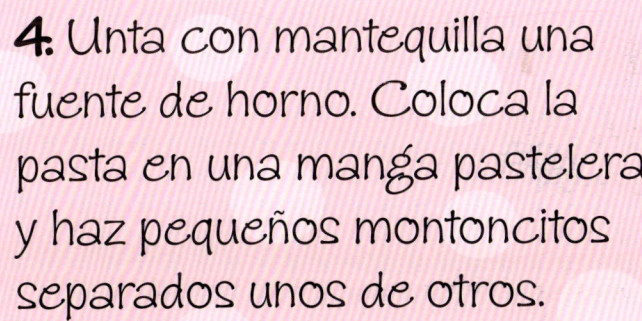

5. Bate un huevo y con un pincel pinta los bocaditos. Métedos en el horno fuerte (a temperatura máxima) unos cuarenta minutos.

6. Después rellénalos con nata y espolvoréalos con azúcar glas. Si mezclas la nata con chocolate en polvo, tendrás bocaditos de chocolate.

Rosquillas

Ingredientes

250 g de harina
1 yema de huevo
1 huevo entero
4 cucharadas de aceite
50 g de azúcar
1 cucharadita de levadura en polvo
1 cucharadita de vinagre
azúcar glas

1. Mezcla la harina con la levadura y colócala formando un círculo en un cuenco. Aparte, bate el huevo con el azúcar y la yema.

2. Echa en el cuenco la mezcla que acabas de batir, el aceite y el vinagre.

3. Mézclalo bien todo con la harina hasta tener una masa compacta.

4. Forma las rosquillas, haciendo palitos y uniendo los dos extremos. Fríelas en el aceite no muy caliente.

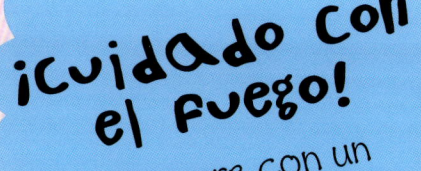

¡Cuidado con el fuego!

Siempre con un adulto al lado.

5. Cuando estén doradas, escúrrelas con una espumadera y déjalas enfriar.

6. Puedes espolvorearlas con azúcar glas si quieres que queden muy dulces.

Bizcocho casero

Ingredientes
150 g de mantequilla
200 g de azúcar
2 huevos
200 g de harina
1/2 sobre de levadura en polvo
3 cucharadas de leche

¡Cuidado!
Cuando uses el horno siempre debe haber un mayor contigo.

¡atención!
Cuando haya que calentar...

1. Unta con mantequilla un molde de bizcocho. Enciende el horno a temperatura media. (Horno eléctrico, en el número 6; horno de gas, sin llegar al máximo).

2. Derrite la mantequilla al fuego procurando que no hierva. Una vez derretida, pásala a un cuenco.

3. Añade el azúcar y los huevos de uno en uno y mézclalos con una cuchara.

4. Una vez que has mezclado los huevos, puedes incorporar las cucharadas de leche.

5. Echa la harina mezclada con la levadura y revuélvelo todo con una cuchara.

6. Una vez bien mezclado, puedes echarlo en el molde. Mételo en el horno.

7. Mientras está en el horno, puedes lavar los cacharros. Espera treinta y cinco minutos.

8. El bizcocho está hecho cuando, al meter un palito hasta el fondo, sale limpio.

Tortitas

ingredientes

1 huevo
1/4 l de leche (cortada con
   un chorro de limón)
225 g de harina
1/2 cucharadita de bicarbonato
1 cucharadita de azúcar
50 g de mantequilla
1 cucharadita de levadura en polvo
una pizca de sal

caramelo

200 g de azúcar
zumo de limón
nata montada (una tarrina)

1. Pon el huevo en un cuenco, incorpora la leche cortada y el bicarbonato. Mézclalo todo.

2. Añade el resto de los ingredientes. La mantequilla debe estar fundida para que se mezcle bien.

3. En una sartén pequeña, pon una pizca de mantequilla y echa un poco de la mezcla hasta que cubra el fondo. Cuando salgan pompitas, dale la vuelta y sácala enseguida.

4. Para el caramelo: pon en un cazo el azúcar con el zumo de limón y déjalo a fuego muy lento unos minutos. Dale vueltas y, cuando esté dorado, retíralo del fuego.

¡Cuidado!
Recuerda que para calentar algo...

5. Añade al cazo donde has hecho el caramelo un vaso de agua caliente y a continuación muévelo bien.

6. Presenta las tortitas con su caramelo y su nata en un plato, o bien en una fuente las tortitas y el caramelo y la nata por separado.

Chocolate con churros

ingredientes
(para 4 personas)
Chocolate
1 l de leche
8 cucharadas de cacao en polvo
3 cucharadas de azúcar

¡Cuidado!
Recuerda que para calentar algo...

Chocolate

Churros
1 vaso de agua
1 vaso de harina
una pizca de sal y azúcar

1. Echa en un cazo grande la leche, disuelve el cacao y el azúcar, ponlo en el fuego y, cuando hierva, retíralo.

2. Si lo quieres más espeso, puedes echar al principio un poco de harina fina, disuelta en agua fría.

Churros

3. Pon a hervir el agua y la sal. Cuando hierva echa toda la harina. Mezcla hasta formar una masa.

4. En una sartén honda o, si tienes, en la freidora, pon a calentar abundante aceite.

¡**Cuidado con el fuego!**
Ayúdate de un adulto.

5. Llena una churrera de masa y ve echándola al aceite. Cuando los churros estén dorados, sácalos y espolvoréalos con azúcar.

6. El chocolate lo puedes sevir en tazas de desayuno y, en un plato grande de merienda o en una fuente, pon los churros.

perrito caliente

ingredientes
(para cada perrito)
1 panecillo tipo bollo, alargado
1 salchicha Frankfurt
kétchup, mostaza y mayonesa

¡Cuidado con el descorazonador!
Debes estar acompañado de una persona mayor.

1. Con un descorazonador de manzanas haz un agujero alargado y fino a cada panecillo.

2. Echa en el agujero un poco de mostaza y de kétchup.

3. En una sartén pon un poco de aceite y dora las salchichas.

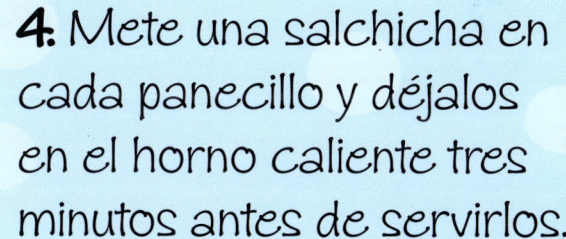

4. Mete una salchicha en cada panecillo y déjalos en el horno caliente tres minutos antes de servirlos.

5. Acompáñalos con salsas distintas: kétchup, mostaza y mayonesa.

¡Cuidado!
Cuando haya que calentar algo...

Tarta de queso

Ingredientes

9 huevos
1 yogur
1/2 l de leche condensada
1/2 l de leche fresca
1/2 kg de queso fresco
(tipo Burgos)
50 g de pasas de Corinto

¡Cuidado con las latas!

1. Pon las pasas en remojo en leche templada unas horas antes.

2. En un cuenco mezcla los huevos con el queso, el yogur, la leche fresca y la leche condensada.

3. Engrasa un molde con mantequilla.

4. Echa en el molde la mezcla.

¡Cuidado con el horno!

5. En una bandeja de horno honda pon agua y dentro el molde (al baño maría); mete la bandeja con el molde en el horno suave.

6. A los quince minutos añade las pasas (sin leche) y deja que termine de cuajarse la tarta. Para saber si está hecha, mete una aguja, que deberá salir limpia. (Pide ayuda a un adulto).

Magdalenas

Ingredientes

3 huevos
la ralladura de 1 limón
1/4 kg de azúcar
1/4 l de leche fresca
1/4 l de aceite de girasol
400 g de harina
1 cucharadita de levadura en polvo

1. Bate los huevos con el azúcar hasta que se pongan muy firmes, a punto de nieve. Enciende el horno.

2. A continuación, añade el aceite, la leche y la ralladura del limón. Mezcla bien todo con una cuchara de madera.

3. Después de haber mezclado la levadura con la harina, ve incorporándola poco a poco al batido anterior, sin dejar de remover.

4. Una vez mezclado todo, vierte la masa en moldes de papel para magdalena, sin llenarlos del todo.

¡Cuidado con el horno!

5. Mételos en el horno no muy fuerte unos cuarenta minutos.

6. Antes de meterlos en el horno puedes poner encima un poco de azúcar.

Torrijas

Ingredientes

2 cucharadas de canela en polvo
1 barra de pan
1/2 l de leche
50 g de azúcar
3 huevos
aceite de girasol

¡Cuidado con el cuchillo!
Siempre con un adulto al lado.

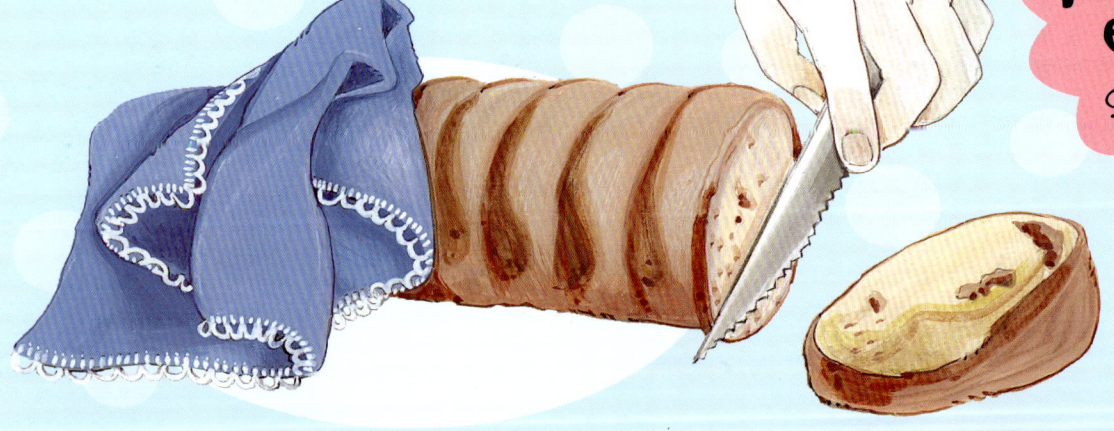

1. Corta el pan en rebanadas.

2. En un plato pon la leche con la canela.

3. En otro plato bate los huevos.

4. Moja bien las rebanadas en la leche.

¡Cuidado con el fuego!

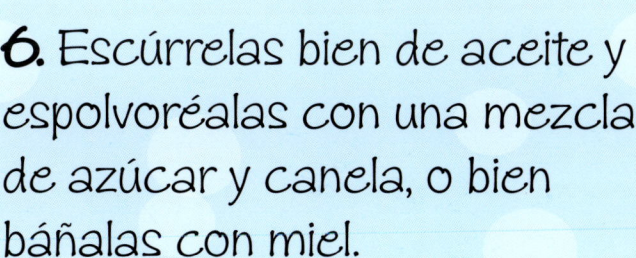

5. A continuación pásalas por el huevo batido y fríelas en aceite caliente hasta que estén doradas.

6. Escúrrelas bien de aceite y espolvoréalas con una mezcla de azúcar y canela, o bien báñalas con miel.

Tostadas de queso

Ingredientes (para 4 personas)
4 lonchas de queso para fundir
4 rebanadas de pan de molde tostadas (recién hechas)
4 lonchas de jamón york
2 peras muy maduras

¡Cuidado con el horno!

1. Enciende el horno a fuego fuerte. Coloca sobre cada una de las tostadas de pan una loncha de jamón, media pera pelada, sin pepitas y cortada en láminas, y en último lugar el queso.

2. Envuelve cada tostada en papel de aluminio y mételas en el horno caliente durante cinco minutos. Sírvelas calientes.

crema de jamón

ingredientes

1 yogur
100 g de jamón york
50 g de queso gruyer

¡cuidado!

Cuando haya
que usar
la batidora...

1. En el vaso de la batidora pon todos los ingredientes y bátelos hasta obtener una mezcla homogénea y cremosa.

2. Puedes servir la crema en varios cuencos de barro o de cristal.

3. Acompaña la salsa con un cesto lleno de panes de diferentes formas para untar.

Paella

ingredientes

250 g de arroz
1/2 kg de pollo (partido en cuartos)
200 g de judías verdes
50 g de guisantes
2 pimientos rojos
sal, aceite, azafrán, perejil picado
3 ajos picados
zumo de limón

¡Cuidado con el cuchillo!

Debes estar acompañado de un adulto.

1. Si las judías son frescas, quítales las hebras laterales y las puntas. Ponlas a cocer con los guisantes en agua con sal hasta que estén tiernas.

2. En la paellera pon aceite hasta cubrir todo el fondo. Echa los ajos picados y un poco de perejil. Luego rehoga el pollo hasta que se dore.

3. Añade las verduras con los pimientos rojos en tiras y rehoga todo en la misma paellera. Déjalo al fuego cinco minutos.

4. Reparte el arroz por toda la paellera y dale vueltas para que se rehogue.

5. Añade el doble de caldo o de agua hirviendo que de arroz. Sazona con sal y azafrán. Deja cocer a fuego lento diez minutos. Echa un chorro de zumo de limón.

6. Para que termine la cocción, mete la paellera en el horno suave ocho minutos, o déjala a fuego lento en el mismo hornillo. Apártala del fuego y cúbrela con un paño mojado.

Flan de verduras

ingredientes

1 kg de espinacas
1/4 kg de zanahorias
1/4 kg de guisantes
1/4 kg de judías verdes
1/4 kg de puerros
4 huevos
1/4 l de leche
mantequilla, pan rallado y sal

Puedes utilizar verduras en conserva y ya no tendrás necesidad de cocerlas, o verduras congeladas.

¡cuidado!
Al calentar algo, debes estar con una persona mayor.

1. Limpia y lava las verduras. Trocéalas. Después cuécelas en agua hirviendo con sal: espinacas, 10 min; zanahorias, 30 min; guisantes, 20 min; judías verdes, 20 min; puerros, 15 min.

2. Escúrrelas, eliminando todo resto de agua, en un escurridor de verduras.

3. Engrasa con mantequilla un molde redondo y espolvoréalo con pan rallado.

4. En un cuenco bate los huevos, añade la leche y mézclalo con las verduras y la sal. Ponlo en un molde y mételo dentro de una bandeja de horno honda con agua; cuécelo treinta minutos.

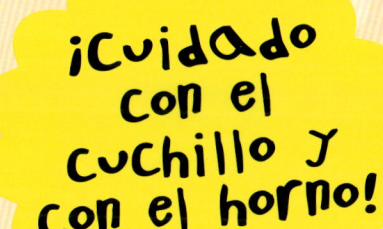

¡Cuidado con el cuchillo y con el horno!

5. Desmóldalo volcándolo sobre una bandeja. Puedes cubrirlo con besamel y adornarlo con yema de huevo duro picada y perejil.

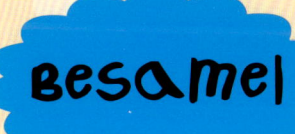

Besamel

ingredientes
75 g de margarina
50 g de harina
1/2 l de leche

En una cazuela, derrite al fuego la margarina. Echa de una vez la harina y mézclalo todo bien. Poco a poco ve añadiendo la leche, dando vueltas continuamente para que no se hagan grumos. Deja cocer diez minutos.

Suflé de pan

ingredientes

12 o 14 rebanadas de pan de molde
1/4 kg de queso de bola o de nata
20 g de beicon o de jamón york
1 l de leche
7 huevos

¡Cuidado con el cuchillo!

Debes estar acompañado de un adulto.

1. Quita la corteza al pan de molde, con cuidado para no romperlo.

2. Corta el beicon y el queso en trocitos finos. Enciende el horno.

3. Unta con mantequilla el fondo de una fuente de horno.

4. Pon en la fuente una capa de pan después de haberlo bañado en leche. Reparte por encima de la capa de pan el beicon y el queso.
A continuación, coloca sin dejar huecos otra capa de pan bañado en leche.

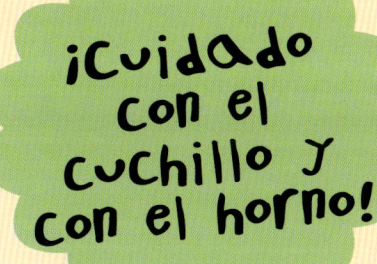

¡Cuidado con el cuchillo y con el horno!

5. Bate los huevos y añádeles un vasito de leche. Vierte esta mezcla sobre las capas de pan.

6. Mételo en el horno caliente durante una hora. Sírvelo inmediatamente en la misma fuente.

Pizzas sencillas

ingredientes

12 rebanadas de pan de molde
3 tomates maduros
12 lonchas de queso de nata o mozzarella
6 anchoas
aceite, sal, perejil picado y orégano

¡cuidado!
Cuando tengas que usar el cuchillo, debe haber una persona mayor contigo.

1. Después de lavar los tomates, córtalos en rodajas finas.

2. Pon las rebanadas de pan en una bandeja de horno.

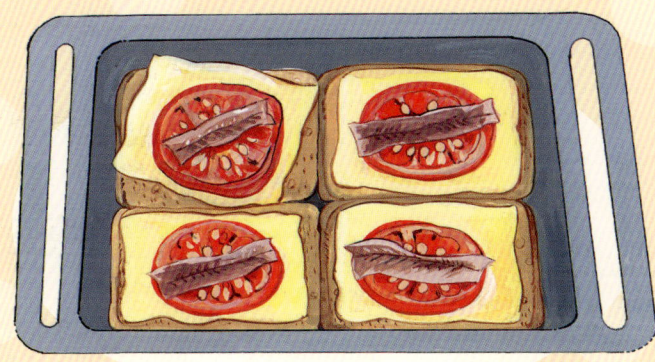

3. Coloca encima de cada una de ellas una loncha de queso y rodajas de tomate.

4. Encima de las lonchas de queso y de tomate, coloca media anchoa.

¡Cuidado con el cuchillo y con el horno!

5. Pon un poco de aceite sobre cada pizza y espolvoréalas con una pizca de sal, orégano y un poco de perejil.

6. Mételas en el horno fuerte durante unos ocho minutos. Sírvelas inmediatamente.

ENSALADA «COPITO»

ingredientes
(4 o 6 personas)

huevos (tantos como comensales)

1 lechuga

1 lata de bonito o atún

1 kg de tomates

1/2 kg de cebollas

1 lata pequeña de pimientos rojos

1/4 kg de aceitunas rellenas

sal, aceite y vinagre

¡Cuidado con el cuchillo!

1. Lava los tomates y córtalos en gajos.

2. Corta el tronco de la lechuga y quítale las hojas externas estropeadas. Separa todas las hojas y lávalas una a una; córtalas en tiras finas.

3. Quítales a las cebollas las capas externas y córtalas en aros finos.

4. Pon a cocer los huevos doce minutos en agua hirviendo. Pélalos, córtales los extremos y resérvalos.

Siempre que haya que calentar algo...

5. Apoya el huevo sobre la base más ancha. Pincha arriba un palillo, y en él una aceituna y el extremo de huevo que habías cortado. El pimiento ponlo a modo de bufanda. ¡Ya tienes a Copito!

6. En una fuente pon la lechuga, los tomates, la cebolla y el bonito desmenuzado. Repartidos por la fuente, pon los «copitos». Sírvelos acompañados de sal, aceite y vinagre.

Gazpacho

ingredientes

6 tomates
1 cebolla
2 pepinos
1 pimiento
2 vasos de agua
sal
4 cucharadas de aceite
3 cucharadas de vinagre
1/4 de una barra de pan

¡Cuidado con el cuchillo!

1. Lava los tomates y córtalos en trozos.

2. Pela los pepinos y córtalos en trozos. Corta también el pimiento en trocitos pequeños.

3. Quita las capas exteriores de la cebolla y córtala en trozos.

4. En el vaso de la batidora, pon los ingredientes cortados y añade el pan, el aceite, el vinagre, el agua y un poco de sal.

¡Cuidado con la batidora!

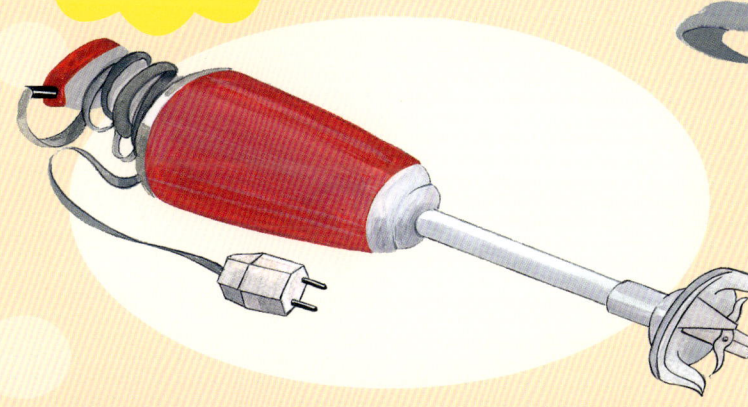

5. Tritúralo con la batidora hasta lograr una crema suelta y suave.

6. Mételo en el frigorífico y sírvelo frío en unos cuencos apropiados.

Tartaletas

Ingredientes

3 patatas medianas
1/4 l de mayonesa
1 latita de anchoas
40 aceitunas negras
sal
10 tartaletas

¡Cuidado con el fuego!

1. Pela las patatas, córtalas en dados y ponlas a cocer cuando el agua esté hirviendo. Echa sal.

2. Cuando estén cocidas las patatas (media hora de cocción), escúrrelas y déjalas enfriar.

3. Mezcla las patatas con la mayonesa y ve rellenando con esto las tartaletas.

¡Cuidado!
Pide ayuda a un adulto cuando tengas que abrir una lata.

4. Encima de cada tartaleta pon dos filetes de anchoa y cuatro aceitunas negras.

Tarta de chocolate

Bizcocho

Ingredientes

1 yogur de limón
3 vasos (de yogur) de harina
2 vasos (de yogur) de azúcar
1 vaso (de yogur) de aceite
   de girasol
3 huevos
1 sobre de levadura en polvo

1. Bate las yemas con el azúcar, el yogur y el aceite con un batidor de varillas.

2. Mezcla en un cuenco la harina con la levadura y añádelo al batido anterior. Mézclalo bien.

3. Bate las claras a punto de nieve. Enciende el horno a fuego fuerte.

4. Echa la masa anterior a las claras batidas y mézclalo todo.

¡Cuidado con el horno!
Siempre acompañado de un adulto.

5. Engrasa un molde con mantequilla y echa la mezcla. Mételo al horno; a los cinco minutos, baja el fuego a la mitad y tapa el molde con papel de aluminio.

6. Tardará aproximadamente media hora en hacerse. Pide a un adulto que pinche el bizcocho con una aguja: si sale limpia, está hecho; si no, déjalo unos minutos más.

ingredientes (almíbar)

2 l de agua
200 g de azúcar

1. En un cazo, pon el agua con el azúcar a cocer. Muévelo con una cuchara.

¡Cuidado con el fuego!

2. Cuando el almíbar tome un color morado, ya está hecho.

ingredientes (crema de chocolate)

250 g de chocolate sin azúcar
1 bote de 500 g de leche condensada
1 cucharada de agua

1. En un cazo, pon a derretir el chocolate con el agua, a fuego lento. Muévelo y procura que no hierva.

2. Echa poco a poco la leche mientras la mezclas con el chocolate, sube el fuego hasta la mitad y deja cocer 4 minutos. Deja que se enfríe.

preparación

¡Cuidado al usar el cuchillo!

1. Con un cuchillo de sierra largo, divide el bizcocho en dos capas.

2. Con una cuchara emborracha de almíbar las dos mitades.

3. Pon una capa de crema de chocolate y cierra el bizcocho colocando una mitad sobre la otra. Baña con chocolate todo el bizcocho, por encima y por los laterales.

4. Con una manga pastelera llena de merengue o nata puedes poner: «Felicidades» o cualquier frase bonita que se te ocurra.

Sándwich «Cocodrilo»

ingredientes

1 barra de pan
2 hojas de lechuga
3 cucharadas de mayonesa
6 lonchas de queso
6 lonchas de jamón york
2 aceitunas rellenas
almendras

¡Cuidado con el cuchillo y tijeras!

1. Corta por un extremo de la barra un trozo de unos 10 cm y resérvalo.

2. Al resto de la barra hazle un corte longitudinal y quítale la miga.

3. Con unas tijeras, corta todos los ingredientes en trocitos pequeños (excepto las aceitunas y las almendras) y ponlos en un cuenco.

4. Echa en el cuenco las tres cucharadas de mayonesa y mézclalo todo bien.

5. Con la mezcla anterior ve rellenando el pan con una cuchara. Esto será el cuerpo del cocodrilo.

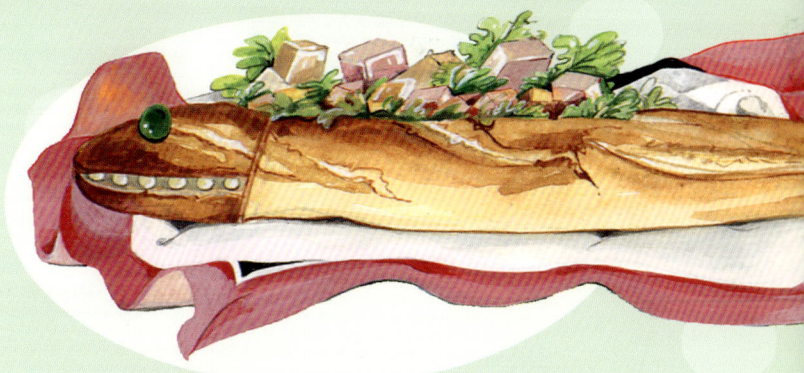

6. Abre por la mitad la punta de pan que habías reservado. En la miga de la parte inferior clava las almendras como si fuesen dientes, y en la corteza de la parte superior, las aceitunas harán de ojos.

7. Coloca la «cabeza» junto al «cuerpo» en una fuente ovalada. Puedes poner un palillo que separe las dos partes de la cabeza, como si el cocodrilo tuviese la boca abierta.

Canapés

ingredientes
1 paquete de pan de molde
100 g de mantequilla
1 lata de anchoas
1 lata de atún
1 bote de mayonesa
10 lonchas de queso para fundir
perejil picado

¡Cuidado con las latas y al cortar!

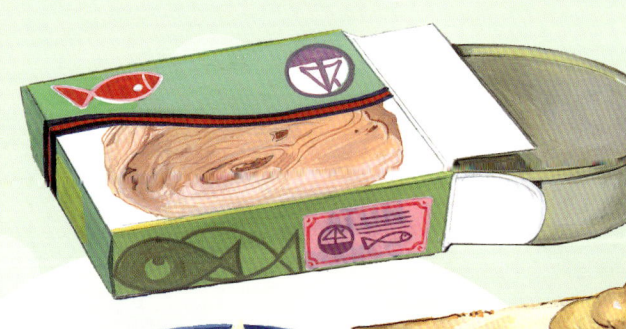

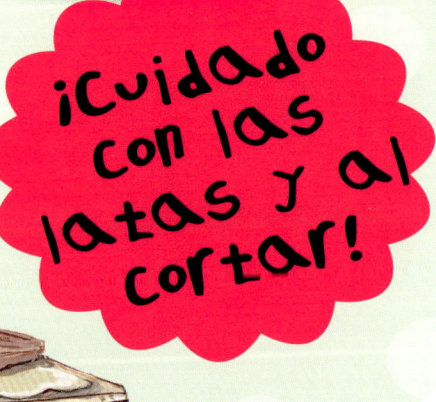

1. Corta los bordes del pan de molde y unta las rebanadas con mantequilla. Córtalas en dos triángulos.

2. Deshaz con un tenedor las anchoas y la mantequilla. Unta el pan con esta mezcla. Utiliza sólo la mitad del pan, porque con el resto harás otro tipo de canapés.

3. Cúbrelos con media loncha de queso para fundir. Métdos diez minutos a gratinar en el horno.

4. Por otra parte, mezcla el atún con tres cucharadas de mayonesa.

¡Cuidado con el horno!

5. Unta el resto del pan con esta mezcla y espolvoréalo con perejil picado.

6. A la hora de servirlos, coloca los canapés en una bandeja formando filas.

Puercoespín

Ingredientes

1 latita de pimientos
1 lata de guindas
1 lata de aceitunas rellenas
1 lata de anchoas
100 g de pepinillos
200 g de queso gruyer
200 g de queso roquefort
1 pomelo o 1 naranja
1 caja de palillos

¡Cuidado al usar el cuchillo!

1. Lava el pomelo o la naranja, sécalo y corta la base para que se sostenga y no se balancee.

2. Corta el queso en tacos. Los pepinillos córtalos por la mitad o en rodajas.

3. Haz banderillas con:
a) un trozo de roquefort, una guinda,
un trozo de pepinillo y un trozo de pimiento;
b) queso gruyer con una anchoa enrollada,
una aceituna y un trozo de pimiento.

¡Cuidado con el borde de la lata!
Ábrelas siempre en compañia de un adulto.

4. Pincha las banderillas en la naranja y tendrás un gracioso puercoespín. Puedes servirlo con otros puercoespines si tienes muchos invitados.

Casita fantástica

ingredientes

250 g de mantequilla
1 paquete de pan de molde
100 g de chorizo en lonchas
100 g de salchichón
100 g de jamón york
100 g de queso
100 g de paté

¡puedes utilizar todo lo que se te ocurra!

1. Unta el pan de molde con mantequilla y haz los sándwiches variados. Forma una pila de seis rebanadas.

2. Encima pon sándwiches cortados por la mitad en forma de triángulo, como si fuese un tejado.

¡Cuidado al usar el cuchillo!

3. Mete mantequilla con un poco de paté en una manga pastelera y decora la casita con una puerta, ventanas... Puedes colocar lechuga alrededor de la casita. Si vas a tener muchos invitados, haz varias casas.

Refresco de fresa

ingredientes

1 kg de fresas
1 kg de azúcar
el zumo de 1 limón
1 l de agua

¡Cuidado!
Cuando haya que batir algo, debes estar con una persona mayor.

1. Pon en remojo en un cuenco las fresas bien limpias con el resto de los ingredientes durante dos horas.

2. Bátelo con la batidora y métela en el frigorífico. Una vez frío, ya está listo para servir.

Batido de leche y naranja

ingredientes

1/2 l de leche fría
1/8 l de nata
2 yemas de huevo
1/4 l de zumo de naranja
3 cucharadas de azúcar

¡Cuidado con la batidora!

1. Bate bien todos los ingredientes con la batidora. Mete el batido en el frigorífico.

2. Puedes adornarlo cortando una naranja en rodajas no muy finas. En cada rodaja haz un corte del centro al extremo. Pon una en cada vaso, como muestra el dibujo.

NOTA MUY IMPORTANTE

Para evitar posibles
riesgos, el niño no debe realizar las
actividades incluidas en este libro
sin la supervisión de un adulto.